LES
POLONAIS,

POËME

DÉDIÉ A LA FRANCE

ET

A TOUS LES AMIS DE LA LIBERTÉ,

Par C... Oeuf-Lamy,

INSTITUTEUR.

Contre l'horrible tyrannie,
Ce peuple plein de loyauté,
Qui sait avec orgueil mourir pour la patrie,
Est digne de la liberté !!!

—❈❈❈—

AU PROFIT DES VEUVES ET DES ORPHELINS DE VARSOVIE.
Prix : 50 centimes.

—❈❈❈—

Clermont-Ferrand,

J. VAISSIÈRE, IMPRIMEUR-LIBRAIRE,
RUE DES GRAS, N° 13.

—•—

1831.

LES
POLONAIS.

LES POLONAIS,

POËME

DÉDIÉ A LA FRANCE

ET

A TOUS LES AMIS DE LA LIBERTÉ,

Par C... Oeuf-Lamy,

INSTITUTEUR.

> Contre l'horrible tyrannie,
> Ce peuple plein de loyauté,
> Qui sait avec orgueil mourir pour la patrie,
> Est digne de la liberté!!!

AU PROFIT DES VEUVES ET DES ORPHELINS DE VARSOVIE.

PRIX : 80 CENTIMES.

Clermont-Ferrand,

VAISSIÈRE, IMPRIMEUR-LIBRAIRE,

RUE DES GRAS, N° 13.

1831.

LES POLONAIS,

POËME

DÉDIÉ A LA FRANCE

ET

A TOUS LES AMIS DE LA LIBERTÉ.

———— ❈ ————

Des rives de l'Escaut aux bords fleuris du Tibre,
Peuples, applaudissez aux sublimes efforts
  D'un peuple qui veut être libre
Ou s'engloutir debout dans le gouffre des morts!..

  Entendez-vous dans le champ du carnage
L'acier avec fracas heurter contre l'acier?
  Le Polonais, tout bouillant de courage,
   Du Russe brise le cimier,
Et d'un coup de sa faux lui fait voler la tête,

Qui, semblable au boulet
Sifflant dans la tempête,
Au nouveau Souvarow (1) va donner un soufflet...
Et soudain l'autocrate apprête
Ses innombrables bataillons,
Qui marchent précédés d'un millier de canons
Sur des guerriers sans peur vomissant la mitraille :
C'est le moment de la grande bataille ;
Un cri se fait entendre : A la charge, courons !

Alors, applaudis par les femmes,
Les Polonais affrontent le trépas ;
Et dans Praga, que dévorent les flammes,
Ils surpassent Léonidas.

Les membres mutilés, un vieux soldat s'écrie :
— Serrons nos rangs ! vaincre ou périr !
Ah ! pour la Liberté, l'Honneur et la Patrie,
En laissant des vengeurs qu'il est doux de mourir !

---

(1) Diébitsch.

Ses frères réjouis par cet heureux présage,

En exhalant leur vie ont un front radieux.

Ainsi l'éclair sillonnant le nuage,

A la terre effrayée, au milieu de l'orage,

Montre l'azur et la pourpre des cieux.

Oh! comme un faisceau de lumière,

Les noms de ces héros luiront sur l'avenir;

Et les siècles, passant sur leur noble poussière,

S'inclineront pour la bénir!

Arrêtez donc, ô cohortes barbares!

De ce large fleuve en courroux,

Ignobles et cruels Tartares,

Les flots tumultueux murmurent contre vous.

Renoncez, renoncez à cette guerre impie,

Vils satellites des tyrans!

Vous avez assez d'infamie,

Sous le poids des forfaits vous êtes chancelans...

L'Éternel vous maudit, soldats liberticides!
Abjurez votre haine, exécrables bourreaux;
Repentez-vous, brisez vos glaives fratricides,
Et ne profanez plus la terre des héros.

Contre l'horrible tyrannie,
Ce Peuple plein de loyauté,
Qui sait avec orgueil mourir pour la Patrie,
Est digne de la liberté...

Du fond de ses marais il regarde la France,
En montrant ses lauriers et ses pâles cyprès,
D'une voix formidable il demande vengeance,
Et l'écho répète vengeance,
Vengeance aux braves Polonais!!!

Mais le tyran de Moscovie
S'avance encore écumant de fureur;
Le beffroi sonne à Varsovie;
Mon cœur frissonne et se glace d'horreur...

Dans de vastes plaines désertes,
Foulant aux pieds d'héroïques débris,

Un jour le voyageur surpris,
Sur le sombre granit des tombes entr'ouvertes
Trouvera-t-il ces mots par la douleur écrits :
　　« Au temps des sanglantes alarmes,
　　» Quand ses amis jurèrent de mourir,
» La France au lieu de sang ne versa que des larmes,
» Et se tint immobile à leur dernier soupir? »

France puissante, aux fiers compagnons de ta gloire,
　　　　Aux magnanimes Polonais,
Pourras-tu refuser, pour sceller leur victoire,
　　　　Quelques gouttes de sang français ?

　　Pour toi naguère ils brandissaient la lance,
　　Du Borysthène aux sables de Memphis ;
　　　　Tu dûs souvent à leur vaillance
　　　　Les beaux lauriers que tu cueillis...

　　Ressaisissant tes armes souveraines,
Fais donc briller pour eux ton intrépidité!
De tes meilleurs amis anéantis les chaînes ;
France, le noble sang qui jaillit de tes veines
　　Produit la force avec la liberté...

Sublime orgueil de la victoire,
C'est trop long-temps ternir l'éclat de tes vertus!
Efface les affronts imprimés à ta gloire,
Et de nouveaux bienfaits enrichissant l'histoire,
France, frappe Néron et souris à Titus!

Allons, que ton coq se hérisse,
Qu'il tourne vers le Nord des yeux étincelans;
Des tyrans inhumains que le dernier périsse,
Et laisse le pouvoir à des rois bienfaisans!...

Qu'un oubli criminel, ô France que j'adore!
N'engourdisse jamais les fibres de ton cœur,
Ne souille la beauté du drapeau tricolore,
Symbole de gloire et d'honneur!

A tes principes sois fidèle,
Garde pour la Pologne un tendre souvenir;
Ses enfans, décorés d'une palme immortelle,
Meurent pour t'imiter..... tu dois les secourir.

Quel Démon fait dormir tes foudres vengeresses,
En faveur d'un tyran,
D'un monstre qui voudrait dévorer tes richesses
Et te vendre à l'encan?

Déjà Téhéran et Byzance (1)
Du moderne *Attila* bravent l'atrocité;
Dans ce concours de bienfaisance
Ne sois pas la dernière en générosité!

Mais pourquoi soupçonner ta douce sympathie,
Les nobles sentimens de ton âme attendrie
Pour les vertueux fils du grand Kosciuszko,
Ces fiers imitateurs du sanglant Waterloo?

Sans doute, si ta bienveillance
Et les fréquens bienfaits de ton or généreux
Pouvaient remplacer ta vaillance,
Les Polonais seraient heureux.

---

(1) Plusieurs journaux ont annoncé que la Perse et la Porte
arment contre la Russie.

Mais au milieu de la tempête,
Quand un peuple opprimé veut prendre un libre essor,
Un escadron vaut mieux que le fruit d'une quête;
Oui, du sang vaut mieux que de l'or.....

O mère de Désaix, admirable patrie!
Non, non tu ne souffriras pas
Que les enfans de Varsovie
Soient immolés à la furie
D'un roi semant partout des crimes sous ses pas...

Dans ton élan patriotique
Tu montreras bientôt au sanguinaire Czar
La foudre d'Austerlitz, la liberté publique
Et l'héroïsme de César...

Que pareil au vautour qui punit Prométhée,
Sans cesse le grand aigle blanc
Tienne sa serre ensanglantée,
Sur le corps monstrueux du Cosaque expirant...

Le Ciel bénit mes vers ! la hideuse phalange
　　Du roi que je maudis,
Comme un vil vermisseau, se débat dans la fange
　　Sous de honteux débris !

Le colosse du Nord chancelle sur sa base ;
Les flots de la Néva roulent tout éperdus,
Et le terrible écho de l'orageux Caucase
Répond aux hurlemens des brigands abattus.

Mon âme de plaisir est tout épanouie !
Le Messager du Ciel a crié dans les airs :
« Peuples, levez le front ! l'horrible tyrannie,
　　» Pour cacher son ignominie,
» N'a plus qu'un seul asile, et ce sont les enfers !
» Oui, la liberté sainte, en merveilles féconde,
» A donné le signal d'un bonheur éternel ;
» La Fille de Thémis va gouverner le monde
» Sous la triple couleur d'un joyeux arc-en-ciel. »